只是为了遇见你

李其波抒情诗集

李其波 著

中国文联出版社
http://www.clapnet.cn

图书在版编目（CIP）数据

只是为了遇见你 / 李其波著. -- 北京 : 中国文联出版社, 2020.12
ISBN 978-7-5190-4466-4

Ⅰ.①只… Ⅱ.①李… Ⅲ.①诗集－中国－当代 Ⅳ.①I227

中国版本图书馆CIP数据核字(2021)第003755号

只是为了遇见你

作　　者：李其波	
终 审 人：朱彦玲	复 审 人：刘　旭
责任编辑：王　萌	责任校对：赵　毅
封面设计：朴诚文化	责任印制：陈　晨

出版发行：中国文联出版社
地　　址：北京市朝阳区农展馆南里10号，100125
电　　话：010-85923043（咨询）85923000（编务）85923020（邮购）
传　　真：010-85923000（总编室），010-85923020（发行部）
网　　址：http://www.clapnet.cn　http://www.clapplus.cn
E-mail：clap@clapnet.cn　wangm@clapnet.cn
印　　刷：中煤（北京）印务有限公司
装　　订：中煤（北京）印务有限公司
本书如有破损、缺页、装订错误，请与本社联系调换
开　　本：880×1230　1/32
字　　数：25千字　　　　印张：7.5
版　　次：2020年12月第1版　印次：2020年12月第1次印刷
书　　号：ISBN 978-7-5190-4466-4
定　　价：68.00元

版权所有 翻印必究

目 录

自序	1	远方	35
序二	2	徘徊20世纪80年代	37
自由诗		爱你如斯	39
白头翁	2	无题	42
爱，这样洒进五月	4	我和你之间的故事	44
雨中	6	我的Family	47
不经意	9	内心深处	49
焚	11	听	51
怀念远山	13	永恒的铁树花	53
爱情三部曲	16	只是为了遇见你	55
乱	19	爱，不要成为囚	57
从此以后	20	我想告诉你	59
我深深懂得（两首）	22	小草	61
青青荔枝	25	守候	63
牵手	27	生活	64
忆	29	爱，无须刻意安排	66
未曾	31	左心房的痛	68
擦肩而过	33	永恒的故事	70

男儿当自强	72	抹不去的痕迹	109
未曾离开	74	发现	111
从来没有迷路过	76	我是你今生唯一的赌注	113
一直在想	78	当没有人告诉你	116
未曾停止过爱的步伐	80	上天的安排	118
错爱（两首）	82	给你一双这样的眼睛	120
如果有来生	85	爱，依旧轻狂	122
当月光含羞时	87	侧面	124
当那扇窗还没有打开	89	侧面的正面	126
我或许不好	91	幸福	128
爱，总是那样地期待	93	给自己写一首这样的诗	130
看不见的幸福	95	请叫他一声 Hello	132
心中的坚持	97	一个幸福的动作	134
穷得只剩下道德与文明	99	最远的距离	136
无花果	101	这样的方式	138
如果生命即将枯萎	103	我应该对你温柔些	140
时间找到了你和我	105	写给自己	142
旅途	107	父爱如山	144

写在父亲节	146	邻家女孩	185
茶	149	江湖传说	187
良心	151	地铁爱情故事	189
爱，就勇敢说出口	153	**五言诗**	
来不及	155	重阳日，思	193
眼睛与时间	157	拾年	193
没有文化的地球人	159	忆·灵山	194
给你十分钟的爱	161	电波传情	194
北京距离	164	生计	195
青春被谁偷走了	167	新七夕诗	195
天才与白痴	169	望月涯	196
听风的故事	171	明月情	197
错意	173	思，乡情	197
生活，时间，遗失的心	175	重阳，乡愁之忆灵山	198
回不去的鼓浪屿	177	赋乡音	199
婺源，我循着岁月的轨迹来看你	180	正阳，京华赋	199
		夜归	200
余情未了	183	**七言诗**	

3

致青春	202	游白云山记	211
思念	202	夜来冬雨声（两首）	212
荔乡情	202	秋思	213
梦亲恩	203	**现代韵律诗**	
惜当下	204	荷花	215
赋长城	204	思	215
有福	205	念，故里茶青青	216
简爱	206	望月歌	217
再起东山	206	长恨词	217
圆梦东山	207	忆灵山茶	218
绿的思念	207	此刻令	219
掌心的记忆	208	雾锁山城	220
赋亲恩	209	谷雨小令	221
繁华深处	209	念，母情节	221
逝去	210	来来回回	222
盼	210	岭南秋，北国月	223
异梦	211	己亥中秋，赠友人石新	224

自 序

20多年前,我从广西的大山里一路颠簸来到了广州。一位懵懂的少年,就这样肆无忌惮地徜徉在宽阔的知识海洋里。

那个年代,亲友间的书信往来必不可少,等信的日子是一种幸福的煎熬。各类的报刊、书籍,百花齐放。《读者》《知音》《佛山文艺》《江门文艺》《西江文艺》等,让人沉溺于爱恨情仇、行侠仗义中无法自拔。

汪国真先生与席慕容女士的诗文,如两股不同方向的清流席卷而来,他们是影响我写诗歌最重要的两个人。他们让我真正懂得作为一名诗人,内心深处必须有情有义有爱。在此,我向他们俩致以深深的敬意。

我是一位文学爱好者,也是一位商人,更是一位纯朴的茶农。在很多人眼里,我活成了"另类",可我知道自己内心需要的是什么,只有诗歌可以让我在这个物欲横流的社会里,保持着内心那份纯净。

我想告诉那些陷于物质旋涡里的人,内心世界的富有才是真正的富有;我想告诉那些涉世未深的年轻人,物质与精神是可以共存的,但应该让精神驾驭于物质之上。把人性最纯朴、最纯真的一面,把内心深处最柔软的爱,把社会的各个方面,艺术而真实地一一呈现给大家,这就是一名诗人的使命。

李其波,2019年深秋于京华

序 二

好多年前，我就认识其波了，那时他恐怕还是个啥也不懂的山乡少年，长得秀气，一双眼睛挺亮。我当时就想，他一定会很有出息，凭着他那有点懵懂的外表中透出的不服，他那明亮的眼睛透出的聪慧。

这不，他一路打拼，由最闭塞的小山村到灵山县城，到省府南宁，到广州，到现在的北京，他成了商场小有名气的能人，他非但经商有道，还弄文学，写小说，写散文，写诗。说真的，这些年因为天各一方，也因为事务真的忙，还因为懒，我读过其波的作品不多。直到前些天，其波给我来信，说要出诗集了，希望我写个序言，他给我发来了诗文稿子，刚开始我还有点懒洋洋地浏览他的诗，但很快我就被吸引住了，他的诗句清秀而充满生活气息并给人美感，每一首都那么地有诗情画意，每一首都显得那么机智而富有哲理，最重要的是，每一首都闪烁着思想的光。

说实在的，我感觉在当今中国诗坛，像其波一样有诗情有哲理有思想的诗文真的很难得。

其波的诗大多是自由诗，大约有三大类：第一类是对亲情与爱情的歌颂，很朴实很真诚；第二类是写物，如茶叶等，其实还是写人，写人的爱，写对事业的执着；第三类写对人生和社会的思考，读这类诗，让人看到其波胸怀家国天下的拳拳赤子之心。

其波说，他想通过这些诗告诉那些涉世未深的年轻人，物质与精神是可以共存的，但应该让精神驾驭于物质之上，把人性最纯朴、最纯真的一面，把内心深处最柔软的爱，把社会的各个方面，艺术而真实地一一呈现给大家，这就是一名诗人的使命。

我想，其波这些诗做到了。

本来，我想对其波写的每一类诗文都放开来评述，无奈篇幅所限。最后，我想以其波的一段诗结束这个小序文：

我如这茶叶　懂的人会觉得幽香韵味十足
我如这太阳　正义与道德　往往被黑暗传为笑柄
而我依然没有放弃驱赶黑暗的脚步
……

　　　　刘德光（美籍华人作家），2019年深秋于纽约

自由诗

白头翁

一切
都已平静
我的心湖
未荡起一丝涟漪
心坎上
长满了荆棘

可是
为了等
那只有缘的白头翁
荆棘
啊
你就疯狂地长吧
长到玫瑰红艳
那时
白头翁
就可以
在荆棘丛中

筑一间
——爱巢

注：作于1998年广东省广州市。

爱，这样洒进五月

这

是一个烦恼的季节

溪水流得仓促

鱼儿活蹦乱跳

雨儿

丝丝绵绵

洒进心湖

从此

不再平静

这

是一个明媚的季节

玉米笑弯了腰

蝉儿们

娃儿们

愉悦地欢叫

柳儿

一身绿装

婀娜多姿

这
是一个多情的季节
山间的那株百合已绽放
窗外的那株玫瑰更红艳
虫儿们
鸟儿们
亦夫唱妇随

而我
就这样
醉倒在你的怀里
美丽而多情的五月

注：作于1999年5月广东省番禺市。

雨中

（一）

下雨的天
风柔柔
情悠悠
去吹吹风吧
给雨天
添
一丝温馨
一丝柔情
一份妩媚
雨儿
把
每一个故事
每一段爱情旋律
飘洒在
每年为你
而等候的雨季
是冰冷
是温暖

孤零的枝头
觅不出一星红绿

（二）
我不是
雨后的彩虹
你
不要苦盼
美丽的出现
我不是
天空飞翔的燕子
你
不要对我羡慕
不要为我欢欣
风的温馨
雨的浪漫
没有一个动听的故事
为我编织
我只是
雨中
一把没人支撑的伞
倘若
有一天
你
再次走进
这烟雨凄迷的世界
依旧看到

那把
候撑的伞

注：作于1999年夏天广东省番禺市。此为作者早期作品之一，较青涩纯真，诗歌细腻描绘着年轻人那种极度渴望浪漫爱情，却又不敢去追求的复杂心理……

不经意

不经意
偷偷地
看了一眼
你的眼角有点湿润
不经意
我的手
穿过你的黑发
轻轻触摸
你
交织着的一千个心事

总是
又不经意地
与你擦肩而过
彼此拉远
消失于落寞的街头

倘若
多年后

我们再相遇

我

一定会对你说

当年，很想拉着你的手

注：作于1999年秋月广东省番禺市。

焚

燃烧吧
倘若我
是
你心中的一团火
就让我
做
一簇草野之火
融化
这块
冰封已久的土地
燃烧吧
化一缕轻烟飘逸
你的蓝空上
是一朵云彩
招手
捧来
一绢带雾的手帕
......

春
我是杜鹃
夏
我是玫瑰
秋
我是傲菊
冬
我是蜡梅
这四季
重重复复
我
只懂得
在燃烧一种生命

注：作于1999年冬月广东省番禺市。

怀念远山

我
羡慕这里的繁华
一栋栋的楼宇
是
一种辉煌
一种文明
而我
更怀念
远山的那间茅舍
它
简朴
清高
与世无争

我
羡慕这里人们的生活
尽情享受
熊掌龙虾
夜夜笙歌

那夜色

总是朦胧

那霓虹灯

总是斜斜地照着

每个人都变色

……

而我

更怀念

更向往

远山那明净的天空

苍翠的松林

潺潺的溪流

那样

我可以

做一朵悠闲飘逸的云

我可以

做一只翱翔的松鹤

穿翔于松林间

我可以

做一尾游鱼

用明净的心灵

去

欣赏

一切一切

都市的人

他们

用一种妒忌的目光

看我
……

注：作于 2000 年春月广东省广州市。

爱情三部曲

（一）
有一个故事
那就是
关于
你我两个人的传说
有一首诗
那就是
关于
你我之间的爱
有一颗星
那就是
关于
你我心灵碰撞的火花

如果今天
我们真的擦肩而过
那么
多年后
这个故事里上演的

或许

只有我一个人

（二）

其实

我们都是为了

这个故事而来

这个

相订于前世的盟约

其实

我们都很想

感动对方

我们跨越时空

穿越一万万光年

相遇于

这样一个地方

我们什么也没有说

因为心中

彼此

有一种默契

……

（三）

如果

爱情由一根

延伸无际的线系着

就请你

沿着它
延伸的方向
一直走下去
如果
爱情是一首永恒的诗
只
隔着银河与星辰
就请你
驾着爱之飞船
来来回回
畅游银河两岸
摘下
漫天星辰
满载而归吧

古往
牛郎织女骑着
牛儿往来
今来
天际间
只有你俩双飞的身影

注：作于 2000 年夏月广西灵山。

乱

我
在乱写点什么
是
那悠长小道?
是
那潺潺小溪?
还是
未曾踏迹的幽静?

乱梳一把吧
来自
内心的呐喊
乱奏一曲吧
我的心跳
已经不成规律
通往心灵的小道
被
踩得
一片泥泞

注:作于 2000 年广东省广州市白云山脚。

从此以后

说过
要带你去
一个很美丽的地方
可
却不知道
我什么时候
背弃了信诺
也许是
从
玫瑰凋谢那天起
也许是
从
折断风筝那天起

应该
告诉你
我的未来
在那遥远的地方
路上
荆棘密布

陷阱重重
是的
我已无法
带你
到那个美丽的地方
我自私
要独享快乐

路上
恶人众多
危机四伏

也许
我不会再回来了
我很自私
要独享快乐

也许
我还会回来
也许
玫瑰花重开
可那是
你欲滴的血泪
我
又怎忍心去摘

注：作于 2001 年广东省广州市。

我深深懂得（两首）

（一）

我

该向你表白

然而

我却是那迟来的春雨

你的心湖

荡起涟漪了吗

我

该向你坦诚

然而

爱情却像那容易凋零的玫瑰

你的世界

变得妩媚了吗

我深深懂得

你

是那秋霜的傲菊

我

是那夏日的莲荷

我们

谁也走进不了

谁的世界

（二）

这首诗

送给你了

你该知道

它是多么地羞涩

就如

那二月带蒂的青梅

躲在

绿叶丛中偷窥你的如花笑脸

我深深懂得

自己

不是那翱翔的雄鹰

不是那伟岸的松柏

只是一只蹒跚的笨小鸭

只是一株年复一年

生长在

你窗外的小草

多么希望

有一天

你

可以透过

明净的玻璃

看到外面的世界
......

一片碧绿的草地
一只蹒跚的笨小鸭

注：作于2001年夏月广东省广州市。

青青荔枝

那天
我该问你
如果你答应
阳光就会变得明媚
荔枝就会熟得透红
我的思念
就不会
像青青的荔枝没人摘
如果你不答应
秋天就会来得更快
我的心事
就如
枫叶般到处飘零
知道吗
我在
等你姗姗来迟的脚步
等你听到枫叶颤抖的声音

我
想过了

应该将你藏于
心底最不可碰触的地方
你该知道
我
就像那
几颗青青的荔枝
羞涩
可还是那么仓促地
把它们送你

我
想过了
如果
没有荣幸摘到那红透的荔枝
就让那
青涩的旋律永不褪色吧
将
思念挂于枝头
年复一年
直至
等你来摘

注：作于 2002 年夏月广西灵山县。

牵手

我们
要翻越这座山
山是那样地高
那样地陡
我走前面,你在后面跟着
我频频回首地说
你也说小心啊!我们一步也不能走错

我
于你的眼神里
读懂了
你的温柔
你的一切

我
握紧了你的手
握紧我的手哦
我们真的不能走错一步
你

还是那样地叮咛
是的
牵着你的手
此生
真的不能走错一步

注：作于2003年重阳节广西灵山六峰山。

忆

有时候
我想起了
儿时轻轻地
在
您温暖的怀抱里甜甜睡去
想起了
儿时不听话
被打到屁股开花
整夜不敢回家

有时候
我想起了
第一篇作文有您辅导
从那以后
我的作文
再也不需要任何人辅导
……

有时候

我总是想起

您曾为我缝补好的那件衣服

至今还保存着

闭上眼睛就看到您苍苍白发

那是您为我牵挂的千丝万缕

有时候

我总是说

工作忙没有时间回去

其实

我一直深深地

牵挂着您

亲爱的妈妈

注：作于2013年5月广西南宁。此为一首思念母亲的诗歌，是的，"其实，我一直深深地牵挂着您，亲爱的妈妈"！

未曾

那天
我们一起走过
似曾相识的小路
缅怀着过去
有绿叶衬托
有鲜花盛放
有彩蝶飞过
如今
眼前已一片繁花似锦
当用尽心血灌溉
它
会变得妩媚
当任由自然生长
微风会将它折断
阳光会把它晒干

我们曾经拥有过的
或者
未曾拥有的

那只是

人生路上一段插曲

无须计较

它的时间长短与结果

因为

路

一直还在远方

注：作于 2013 年 6 月广西南宁。此为一首人生哲理诗歌，是的，人生无须计较太多，"因为，路，一直还在远方"。

擦肩而过

曾告诉你
我
不知道西湖的美
也不知道湖州的故事
曾告诉你
我
只知道广州白云山
也只知道桂林漓江
你曾和我说
不是这个原因
也不是那个理由

我
只想告诉西湖的风
来自
灵山古老而纯朴的古香荔
千百年来
只懂得结满累累硕果
你也曾和我说

湖州的故事
可以在邕城延续
只是
西湖的风还没有吹到
我
想告诉西湖的风
或许错过了我
也错过了你
······

注：作于2013年秋月广西南宁。此为一首情诗，试想远在千里西湖的风又怎么会吹得到最南端的邕城（广西南宁）？所以，"我，想告诉西湖的风，或许错过了我，也错过了你······"

远方

这些年
不经意地
将那些琐事
遗弃在了
北海的银滩
灵山的西灵山
南宁的青秀山
曾印在
银滩的脚印
已经被重复了千万遍
曾在
西灵山上的呐喊
已经被重复了千万遍
曾在
青秀山折回的桃花
也是
年复一年
有着无数人采摘

没有人
可以将时间保留
没有人
囚禁自己的快乐
当思绪漂洋过海
当目光看见月亮的故事
当心灵倾听银河的心跳
那些往事
已经如烟
……

注：作于 2013 年 8 月广西南宁。此为一首人生哲理诗歌，细细品味，让思绪漂洋过海……那些往事，已经如烟！

徘徊20世纪80年代

20世纪80年代
我光着
小脚丫去摸鱼
小鸟小虫是最好、的玩伴
野果是时常享受的美食
20世纪90年代
我穿着
美国波鞋
有幸目睹了
第十一届亚运会盛大开幕
我有了新的玩伴
——电子游戏机
泡泡糖
可口可乐
成了时常享受的美味
小鸟小虫野果伤心地离去
21世纪初始
我是最佳摩托车手
我庆幸不用踩着单车

电脑代替了人脑
我庆幸写信不用拿笔
手机可以代替一切问候
不用回家
不用走访亲朋好友
我们只需轻按手指
21 世纪 10 年代
汽车成了我的代步工具
……

今天
我拿起了笔
练字成了我的喜好
徒步成了每天必修功课
种有机茶是我毕生的追求
小鸟小虫野果又回来了
我的享受退步了
回到了
20 世纪 80 年代
……

注:作于 2013 年 12 月广西南宁。作者用诗歌细细描述了几个不同的年代,最终还是希望回归自然,回到那个纯真的 20 世纪 80 年代!

爱你如斯

亲爱的
可还记得
那年
我五岁
奶奶把你带回了家
她熬夜精心为你打扮
你散发出淡淡的幽香
那年开始
我永远都记得
你身上醉人的味道
亲爱的
可还记得
那年
我十五岁
把你带回了家
我熬夜精心为你打扮
嗅到了
你身上曾经熟悉的味道
那年开始

我不知不觉地爱上了你
这种独特的清新
……
亲爱的
可还记得
那年
我二十五岁
把你带回了公司
同事们笑我年轻不懂事
怎么会喜欢上你
我不顾一切
依然细细品味着
那独特的清新

亲爱的
可知道
如今
我已经深深地爱上了你
我要为你
打造一个与众不同的世界
一个属于你的世界
亲爱的
你也爱上我了吧
如今
你我天天都黏在一起
你
已经在我的血脉里流转

亲爱的
请允许我
爱你如斯

注：作于2014年6月广西南宁。此为一首爱茶的诗歌，是的，"你，已经在我的血脉里流转，亲爱的，请允许我爱你如斯"！

无题

你
一只
远方美丽的百灵鸟
我想象着
你的声音
是多么美妙动听
那样
紧紧扣我心弦
醉了
清风醉了
月光醉了
一切都醉了

你
一株
巴山的山百合
是如此地
亭亭玉立
清风吹

月光下
我嗅到了
千里之外
你淡淡的清香

是你
如花的你
深秋的这个夜里
让我
陶醉得
如此无憾

注：作于 2014 年 6 月广东省广州市。诗中的"巴山"指的是四川境内的山脉；诗中的"你"就是一位美丽的四川女孩子；是的，"是你，如花的你，深秋的这个夜里，让我陶醉得如此无憾"！

我和你之间的故事

亲爱的
昨晚我梦见你了
在巴拿马遇见
茅台兄就坐你旁边
你捧起奖杯
呵呵地笑

亲爱的
昨晚我梦见你了
在日本大阪遇见
颁奖时
你泪光盈盈

亲爱的
昨晚我梦见你了
在北京遇见
颁奖时
你笑得有些苦涩

后来

我问茅台兄

他说找不着你

我问日本樱花

她说你不想回来

我问故宫

他说你迷失在嘉峪关外

亲爱的

我接着又梦见你了

见到

越南人在茶场向你学习

并种下了

中越友谊茶树

亲爱的

我突然被惊醒了

乡亲们起早贪黑精心养育你

却换不回半斤米

他们彷徨

他们无助

他们心里滴血把你烧毁

亲爱的

我回来了

见不着你的身躯

但能感受到你灵魂所在

我是离不开你了
请将
我的灵魂囚禁在
这茶叶飘香的故乡吧
有人说
我重走老路
有人说
我自寻末路
其实
他们不懂
我和你之间的故事
……

注：作于2014年冬月广西南宁。诗中的"你"指的就是茶，足以见得作者对茶叶的钟爱程度，真的不亚于爱自己！

我的 Family

我的 Family
我爱你
从那个
没有肉吃没有奶喝的年代
开始
我们围着篝火
爆米花香气总是引诱着

我的 Family
我爱你
从可以
骑着自行车去看海
开始
我总是坐在后面扯着父亲的衣角

我的 Family
我爱你
从可以
驾着小汽车去旅行

开始

我总是常常孤身前往

我的 Family

我爱你

从现在

一点小感冒

开始

我总是深夜独自咳嗽

我的 Family

我爱你

胜于爱我自己

从现在起

我要好好爱护自己身体

从现在起

我没有任何理由不想你

注：作于 2014 年冬月广东广州。诗中的"你"就是家，家庭。用英文来代替家庭这个词语，读起来仿佛更有另外一种韵味。

内心深处

有时候
你
看我像一棵松树
披星戴月
看雪花飞舞

有时候
你
看我像一座高山
屹立
你身后挡风遮雨

有时候
你
看我就像一株小草
它
微小
年复一年
演绎着生命的繁衍

有时候
你
看我就像那江河

奔流不息

有时候
你
看我像那大海
风起浪涌
涛声依旧

有时候
你
看我其实就是一朵小小的浪花
滋润着你的脸庞

其实
我就如那落英
随风飘扬
其实
我就如那雪花
给你捧在手心慢慢融化
其实
这是我内心深处的
最柔软
……

注：作于2014年冬月广西南宁。诗歌里的"你"其实就是"她"，而"她"可以是爱人，也可以是母亲，不同角色，不同意境，这就是这首诗歌的魅力所在。

听

听
这是你的歌声
我
不敢拨弄心弦
深怕
惊扰着你

听
这是你的脚步声
我
只想如此静静地听着
那高跟鞋踢踏的响声
不愿
在这深夜惊扰你的轻盈

听
这是你的呼吸声
我
只想如那窗外一缕月光

随着你
均匀地呼吸
轻快地
舞蹈
……

注：作于2015年初夏广西南宁。这是一首情诗，诗中的"你"，其实是作者想象中的那个她，而这个人未必真实存在。

永恒的铁树花

写在
十七岁那一年
有您的诗句
扰乱了我整个雨季
写在
二十三岁那一年
有您的诗句
让我萌发了爱意
写在
三十而立那一年
有您的诗句
为我指明了前路

写在昨天
我的诗丛里
不慎
流淌着您的血液
写在今天
我的诗丛里

不慎
缭绕着您的灵魂
写在明天
写在未来
我的诗丛里
为您
筑一座没有泥土的坟
那里生长着
一株
永恒的铁树花

注：作于2015年4月，作者听闻汪国真先生因病辞世，心情极为沉痛，散步广西南宁凤岭儿童公园有感而发。诗歌里的"您"指的就是诗人汪国真先生。

只是为了遇见你

那一年
经过
你家的玫瑰园
他偷偷
透过篱笆向里张望
后来
年复一年
每每经过
你家的玫瑰园
他依然
隔着篱笆向里
急切地张望
玫瑰已经被人摘走
剩下一片荆棘

从那以后
他天天
为荆棘浇水施肥
他坚信

总有一天会长出玫瑰

他不敢告诉你

双手沾满了鲜血

他不敢告诉你

汗水已经染白了两鬓

他不敢告诉你

这一切

都只是为了遇见你

注：作于 2015 年 5 月广西南宁，此为一首爱情诗，字里行间让人心情沉重。是啊，这一切，都只是为了遇见你！

爱，不要成为囚

重温昔日时光
轻哼昔日情歌
追随着
你轻盈的脚步
我的鞋带
却又不慎脱落

想和你
轻轻地
说声珍重
而你
又戴着随身听
想大声地
告诉你
那一切
而你
已经擦身而过
然而
我却刚刚明白

爱
不要成为囚

注：作于2015年6月广西南宁。此为一首情诗，是的，"爱，不要成为囚"！确实，世间万物皆渴望自由，何况爱情。

我想告诉你

我想告诉
露珠
你晶莹剔透的心事
随风摇曳

我想告诉
小溪
你扑通扑通的心跳
震撼着
那几尾游鱼

我想告诉
大海
你的爱如潮水
让我如蓝鲸般
惬意
自由地畅游

我想告诉

蓝空
你阳光般照耀着
我的世界
充满了能量

我想告诉
你
这一切
与那一切
……

注：作于2015年仲夏广西南宁。此为一首小情诗，不难看出作者对爱情的唯美追求。是的，我想告诉你，这一切与那一切……

小草

春天
百花齐放
我不争
夏天
阳光灿烂
我不争
秋天
果实丰硕
我不争
冬天
雪花飘舞
我不争

我只是
这样一株小草
无论
春夏秋冬
无论
野火燃尽

无论
大地颤抖
我
都在默默耕耘
繁衍着
永恒的未来
……

注：作于2015年6月广西南宁。此为一首人生哲理诗歌，争与不争，那是自然规律，只有懂得默默耕耘，才能够繁衍永恒未来！

守候

没有想到
那一骑
骑出了爱的轨迹
没有想到
回眸一笑
足以魂牵梦绕一辈子
没有想到
那一别
就是十多年

有岁月做证
时间
只是见证
伟大爱情的开始
……

注：作于2015年6月广西南宁。此为一首爱情小诗，短而精练。是的，"有岁月做证，时间只是见证伟大爱情的开始"！

生活

我看
它像春天
细雨绵绵，万物复苏
我看
它像夏天
艳阳高照，众生求爱
我看
它像秋天
硕果累累，爱意沉沉
我看
它像冬天
雪花飘飘，牵手取暖

我看
它像一杯茶
越品越有味
我看
它像一杯酒
越喝越甘醇

我看
它像那长篇小说
越写越无法收笔
我看
它像那首诗
总是牵动着
我心头
永恒的梦想

它
就像一朵云彩
站的角度不一样
看到的
颜色与形态
也不一样

注：作于 2015 年 6 月广西南宁。此为一首人生哲理诗歌，细细品味，不难看出作者热爱生活的愉悦心情。

爱，无须刻意安排

这样子
静静想
想您两鬓白发
想您深邃慈祥的眼神
这样子
静静看
看您抱着我照的那张相片
看您老去的容颜
某些节日里
我
没有送您康乃馨
没有送您女儿红
我
只想这样
无论任何时间地点
总是
燃起心中那片思绪

这样子
静静思

思念你的善解人意
思念你的柔情似水
这样子
静静望
望穿秋水
望断鹊仙桥
某些节日里
我
没有送你玫瑰花
没有送你巧克力

我
总是想
爱
无须刻意安排
……

注：作于2015年仲夏广西南宁。此为一首描述亲情与爱情的抒情诗歌，是的，"我总是想，爱，无须刻意安排"！意思是说，真正的爱全部来自内心最真挚的表现。

左心房的痛

我想
告诉摩天轮
只要
坐那么一轮
就已经很幸福
我想
告诉玉龙雪山
那一年的雨
下得
有些冰冷
我想
告诉青山
路途虽近
却一直徘徊在山脚
我想
告诉你
不要碰触
我
那柔软的左心房

深怕
它
传来破碎的声音
……

注：作于2015年7月广西南宁。此为一首小情诗，虽短却精练，这里的"青山"指的是广西南宁的青秀山。

永恒的故事

他
在为你
写一首诗
连玫瑰也嫉妒这浪漫
他
在为你
守候了十年
连恒山也为之颤抖
他
在为你
建立一个王国
这是茶业王国
你是他的王后
他是你的国王

当岁月流逝
当天山雪莲盛开
当茶叶走向五湖四海
当百年后

人们
总会讲起
这样的一个故事
……
很久以前
这里
住着
相亲相爱的国王与王后
他们
用心指引着
灵山的茶叶
他们
用博爱唤醒了
中国的茶业
……

注：作于2015年7月广西南宁。这里的灵山，泛指天下有灵气的山。

男儿当自强

没有人知道
你
来自何方
你就是你
或许
来自火星
没有人知道
你
究竟为何而来
你就是你
或许
为了拯救地球而来

没有人知道
你
为何流泪
那可不是柔弱的表现
那是
你善良的真情流露

人们
往往
用俗气的目光看着你
他们
不懂
在你的内心深处
总是
想着用爱
去唤醒一切

当一切
都变得那么美好
他们
才懂得
什么叫作
博爱

注：作于2015年7月广西南宁。此为一首人生哲理诗歌，细细品读，不难看出作者的博爱。

未曾离开

需要忘记的
不是清秋
你淡淡的笑容
而是夏日
她火灼的玫瑰
需要牵挂的
不是那
烈火般灼伤十年的眼神
而是那
一直
萦绕心头十年
明净而充满爱意的眼神
……
那一刻
那一个回眸
忘不了你
也忘不了我

其实
那么多年

这一辈子
我
一直没有离开过

注：作于2015年8月广西南宁。此为一首小情诗，尤其是最后一段"其实，那么多年，这一辈子，我，一直没有离开过……"堪称佳句。

从来没有迷路过

那一年
您给我写信
我没有回家
将青春
无私献给了广深
独自
品尝着七星伴月
漫步珠江边赏月

那一年
您给我打电话
我依然没有回家
将生命的睿智
无私献给了祖国大地
不停收阅着
来自
世界各地朋友寄来的礼物
波音737载着我
穿梭于蓝空上

我
依然找不到回家的路
……
今年的中秋
我要给您打电话
告诉您
我还记得
童年时光的"打月饼"
告诉您
我还记得
后山的那片柚子林
那里有一条
通往心灵的永恒小道
这辈子
我从来没有迷路过

注：作于 2015 年 9 月广东广州。此为一首中秋节思念父母的抒情诗歌。

一直在想

只想知道

万绿丛中

是否

隐藏着

那一抹红颜

只想知道

荆棘丛中

是否

隐藏着

那带刺的玫瑰

只想知道

落英缤纷中

是否

隐藏着

那破碎的心事

只想知道

大雪纷飞中

是否

隐藏着

那苦涩的眼泪

可惜
一直没能
走进
这样的四季分明
可惜
只是
一直在想
……

注：作于2015年9月广西南宁。诗歌以一年四季分明来描述，年轻人对爱情追求的复杂心情，诗歌意境有些忧伤，而且最后也只是"可惜，只是一直在想……"。

未曾停止过爱的步伐

如果有人说
你是
一只蜇毒的蜜蜂
那是
因为他们
未曾尝过
你勤劳采来的蜂蜜

如果有人说
你是
一朵带刺的玫瑰
那是
因为他们
生活中未曾有过璀璨
不知道
带刺的才是真正的玫瑰

如果有人说
你是

五月带涩的葡萄

那是

因为他们

吃不到葡萄说葡萄酸

然而

对于我

如果

还有来生

依然选择

永不停止地

奔跑在

爱你的路上

……

注：作于2015年9月广东广州。此为一首情真意切的情诗，作者在南宁往广州的动车上有感而发。

错爱(两首)

(一)

明明知道

玫瑰

是无法在

喜马拉雅山上盛开

我

却把它带来了

明明知道

荔枝

是无法在黄山结果

我

却把它种在古松旁

没有人想过

你的任性

没有人想过

我的忧伤

回忆往昔

我的心房

总是隐隐作痛
它
时刻提醒着我
揭开伤疤
只是为了
不再犯同样的错误
……

（二）
如果你愿意
荔枝
一定不会
栽种在黄山上
古松
没有答应和他做兄弟
如果你愿意
玫瑰
一定不会
出现在喜马拉雅山上
雪莲
没有答应和她做姐妹
如果你愿意
你的任性
就是我的快乐

展望未来
我的心房

幡然醒悟
它
时刻告诉我
经历
只是为了磨炼内心
变得更强大

注：作于2015年10月广西南宁。此为两首缠绵悱恻的情诗，虽然两首诗歌的创作相隔有一段时间，然而并不影响两首诗合在一起的那种藕断丝连的感觉。

如果有来生

亲爱的
如果有一天
你在
公园里摘到了
一枝玫瑰
那或许
是我掉落的眼泪
亲爱的
如果有一天
你在
路边拾到了
一朵蒲公英
那或许
是我的心扉不慎摔碎了
亲爱的
如果有一天
你在
山谷里采摘到了
一丛老茶

那或许
是我一辈子的心血
亲爱的
如果有来生
你
一定可以幸福地
荡漾在
我
那如茶般
轻灵
滋润
宽阔
的心海里
……

注：作于2015年10月广西南宁。此为一首伤感情诗，缠绵悱恻，催人泪下。

当月光含羞时

当夜色
侵扰
这繁华的楼宇
灯火
总是
隐藏于阑珊处

当灯火
侵扰
这明净的湖面
灼伤的鱼儿
总是
隐藏于湖心深处

当月光
含羞时
那一刻
云的深处
传来了

银铃般的笑声
那是
一种
心灵深处
愉悦的召唤
……

注：作于2015年11月广西南宁。此为一首"灵魂深处召唤的情诗"。

当那扇窗还没有打开

冰雪
总会陪伴着
春天的润雨
慢慢融化
暴雨
总会陪伴着
夏天的雷电
翩翩起舞
落叶
总会陪伴着
秋天的霜露
零落成泥
秀梅
总会陪伴着
冬天的傲雪
红艳枝头

朋友呵
自然万物尚是如此

快乐与痛苦
又怎能
不相互交融
当那扇窗还没有打开
就用心灵
去眺望远方吧
心
才是看得最远的眼睛
……

注：作于 2015 年 11 月广西南宁。此为一首人生哲理诗歌，是的，心，才是看得最远的眼睛……

我或许不好

我
没有
男子汉的气概
烟酒
注定与我无缘
我
没有
拉斯维加斯的豪情
大小点数
注定与我无缘
我
没有
青楼的曲弦
醉生梦死
注定与我无缘

我
如这
茶叶

懂的人会觉得

幽香

韵味十足

我

如这

太阳

正义与道德

往往被黑暗传为笑柄

而我

依然没有放弃

驱赶

黑暗的脚步

……

注：作于 2015 年 12 月广西南宁。"拉斯维加斯"为美国内华达州最大城市，是"世界赌城""世界娱乐之都"。

爱，总是那样地期待

从
降生的那天起
您
挤着乳汁
给了我爱的源泉
从
牙牙学语起
您
总是拥我入怀
给了我温暖
茁壮成长
从
懵懂少年起
您
总是教我知书识礼
给了我启蒙人生
奋发图强
从
成家立业起

您
总是千叮万嘱
给了我
深深的博爱

这一切
总是
那样地期待
爱
有的时候
可以得到
有的时候
也可以给予
……

注：作于2015年12月广西南宁。此为一首思念与渴望母爱的抒情诗歌。

看不见的幸福

我在想象
您站在村口的
那株老荔枝树下
向远方急切地张望
荔枝树又结果了
往年
您就是在这里守候着
果熟蒂落
红艳残存
我在想象
你站在小区门口的
那株百合旁
轻拨手机欲言又止
百合花开了
以往
你就是在这里守候着
花开花落
余香惆怅

我不敢想象
荔枝红艳了
又蒂落的残存
我不敢想象
百合芬芳了
又零落的惆怅
我只知道
有您
还有你的守候
这才是心头
最幸福的源泉

注：作于 2015 年 12 月广西南宁。此为一首亲情与爱情的唯美诗歌。是的，有您，还有你的守候，这才是心头最幸福的源泉！

心中的坚持

既然知道了
太阳
即将升起前
是最黑暗的
为何
不坚守黎明
即将来临的那一刻
既然知道了
冰雪
即将融化
是最寒冷的
为何
不坚守春天
即将来临的那一刻

人生
往往欠缺的
仅仅是那一份坚持
既然懂得了坚持

就必须给

自己的生命树

开满繁花

结足硕果

……

注：作于2015年12月广西南宁。此为一首励志诗歌，人生志在坚持。

穷得只剩下道德与文明

你与他
情同手足
君子之交淡如水
你与她
相敬如宾
夫唱妇随至终老
你与长辈后辈
尊老爱幼
念恩呵护直相伴

你弃赌博
隔江相望
相不往来
你憎嫖娼
痛心惋惜
不看鸳鸯不羡蝶
你恨毒品
深恶痛绝
驱走邪恶

你爱祖国
繁荣昌盛
国富民强
你爱地球
呼吁和平
共谋发展

你
在人们的眼里
穷得
只剩下
道德与文明

注：作于2015年12月广西南宁。此为一首感悟人生的哲理诗歌，从友情、爱情、亲情一一描述，到憎恨一些社会负面的因素，到爱国家爱地球，充分体现了作者的博爱。

无花果

她
不曾美丽
众芳争艳
墨绿遮羞
她
不曾芬芳
痴蜂浪蝶
不敢骚扰
她
不曾矫情
四季坚守
那份翠绿
……
人们懂得
开花结果
瓜熟蒂落
却不知道
有一种花
是怒放在心里

却不知道
有一种人生
叫作
无花果

注：作于2015年12月广东省东莞长安镇。此为一首人生哲理诗歌，暗喻人生的不平凡。"有一种人生，叫作无花果"！

如果生命即将枯萎

如果
我是你
肯定会忘记
那
曾经许下的诺言
海枯未必石烂
山盟未必海誓
如果
我是你
肯定会忘记
那
曾经播下的种子
春耕未必秋收
勤劳未必回报
可我
只是我
改变不了忧郁
改变不了轨迹
改变不了爱意

我
所能改变的
只有在
生命枯萎以后

注：作于 2016 年 1 月广东东莞。此为一首情诗，是对爱情的执着。是的，对于你的爱意"我所能改变的，只有在生命枯萎以后"！

时间找到了你和我

那一天
我找到了你
湖心一株粉红的夏荷
别问
水有多深
浪有多急
让身躯化作轻舟
让双手化作船桨
那一天
我找到了你
山顶一株洁白的百合
别问
山有多高
路有多长
没有比心更高的山
没有比情更长的路

有一天
你找到了我

把夏荷种到了
我们的心湖中
把百合种在了
我俩的心窗里
有一天
时间找到了
你和我
时间刀刀催人老
时间秒秒传真爱

注：作于2016年1月北京。此为一首爱情诗，是的，"没有比心更高的山，没有比情更长的路"！

旅途

这样的旅途
有打嗝声
有小孩喧哗声
有身旁咬断巧克力的娇脆声
打嗝的未必粗鲁
他在梦里是位王子
喧哗的小孩
想必一定童真
咬断巧克力的
或许
正是那做作的残存

这样的旅途
有速度的乾坤大挪移
有雾霾的朦胧美陪伴
有夕阳无限好的追随
速度代表不了幸福
雾霾却也成就神秘
夕阳未必让人心醉

一站又别了一站
别了一村
却没了那个店
终究
别不去的是
心头的牵挂
与梦想

注：作于2016年1月北京往南宁的高铁上。这是一首旅途中有感而发的诗歌，细腻地描绘着列车上的人物以及一路的所见。是的，人生旅途中"终究别不去的是，心头的牵挂与梦想"！

抹不去的痕迹

总是
想让燕子
捎去南国的红豆
可那里
只有北极熊
它们不懂相思在南国
总是
想让邮轮
捎上岭南的香荔
可那里
只有南极企鹅
它们不懂荔枝红艳如爱

是时间
让古树苍老了
是时间
让海枯石烂了
是时间
让心头的印

永抹不去

注：作于 2016 年 2 月广西南宁。这是一首渴望爱情的情诗。

发现

你看
那是什么
雾里看花花不俏
你看
那是什么
风里摇曳树不动
你想
说些什么
如若心里明净
雾里看花一定最美的
你想
说些什么
如若心中有爱
风里摇曳树怎能不动

就算
用那一万万的像素吧
它
只能记录一切的表象

如若
没有眼睛与心灵的结合
又怎能发现
你和我
还有
她与他

注：作于 2016 年 2 月广西南宁。此为一首生活哲理诗歌，是的，"没有眼睛与心灵的结合，又怎能发现你和我，还有她与他……"。

我是你今生唯一的赌注

你说过
二十二岁那一年
决定
为自己的人生
赌一次
那一次
你输得遍体鳞伤
那残存的小人扬扬得意
你说过
二十八岁那一年
决定
为自己的人生
赌一次
那一次
你输得心已麻木
那可耻的败类扬扬得意

你说过
如若

此生不再见面
就以
那十多年前的回眸一笑
为
今生最深的印记
我曾说过
那一骑
真的骑出了
爱的轨迹
只是
那一年
北斗星还没有发射
导航仪失控了
我曾说过
那回眸一笑
足以
魂牵梦绕一辈子
只是那一年
我
才开始积蓄赌注
……

你来了
我也到了
这一年刚刚好
你三十二
我三十六

六十八
这是一个吉祥的数字
这一次
你
决定再赌一次
你赢了
我
也积蓄够了
今生
我就是你
唯一的赌注

注：作于 2016 年 2 月广西南宁。此为一首情诗，时间跨越极为久远，是的，今生你已无从选择，"我就是你唯一的赌注"。

当没有人告诉你

想告诉你
爱情如那玫瑰
红艳芬芳
想告诉你
爱情是那石头
厮守海枯
想告诉你
亲情如那港湾
笛声阵阵入心坎
想告诉你
亲情是那热饭
余香萦绕暖心窝
想告诉你
事业如那大树
根系发达越牢固
想告诉你
事业是那大海
心胸宽广纳九州

可是
人生总会遇到
三岔路口
却
没有人
敢告诉你
将它们重叠后
再走

注：作于 2016 年 2 月广西南宁。此为一首人生哲理诗歌，是的，人生路上"没有人敢告诉你，将它们重叠后再走"！

上天的安排

如果
这是上天的安排
又怎能
不提前告诉你
山的崎岖
海的沧桑
如果
这是上天的安排
又怎能
不提前告诉我
你的苦难
我的忧伤

是什么
准许某某们的残存
如果
这是上天的安排
请告诉我
这是塑造英雄的开始

如果
这是上天的安排
请告诉你
有一位英雄
他
一直在这里守候着
仅剩的
道德与文明
……

注：作于 2016 年 3 月广东广州。

给你一双这样的眼睛

给你
一双这样的眼睛
看到了
蓝空上
飘逸着梦想的云彩
给你
一双这样的眼睛
看到了
大海的深处
埋藏着
一颗
湛蓝的心
有一天
海天一色
海燕做了伴娘
海鸥做了伴郎

给你
一双这样的眼睛

看到了
君子灯红酒绿
小人尊老爱幼
有一天
善良嫁给了恶毒
从此
善良与恶毒
只隔着
一念之差

注：作于2016年3月广西南宁。此为一首人生哲理诗歌，是的，"善良与恶毒，只隔着一念之差"！

爱,依旧轻狂

若不是
年少轻狂
又
怎能拂袖而去
而岁月
却不会因为玫瑰的凋谢
原谅
心中的愧疚
若不是
为爱痴狂
又
怎能冲破藩篱
私订终身
而岁月
却不会因为两鬓斑白
抹去
眼角的沧桑

若不是

因为爱

又怎能

循着岁月的轨迹

顽冥不化地

依旧轻狂

注：作于2016年3月广西南宁。此为一首情诗，是的，"若不是因为爱……又怎能……依旧轻狂！"

侧面

喜欢
欣赏玫瑰的红艳
却不知道
侧面
荆棘的忧伤
喜欢
品尝向阳的荔枝
却不知道
侧面
绿叶的惆怅
喜欢
评论伟人的传记
却不知道
侧面
他们经历的沧桑
……
来吧
就一个侧面
世间万物

皆有着
很多鲜为人知的
故事

注：作于2016年4月广西南宁。此为一首人生哲理诗歌，是的，"世间万物，皆有着很多鲜为人知的故事"！

侧面的正面

春雨
告诉微风
农民给滋润着笑容
可
行人不喜欢
被胶着的泥泞
夏雨
告诉荷花
鱼儿数着滴答的落珠
可
太阳不喜欢
被扑灭了傲气
秋霜
告诉傲菊
霜露衬托她的冷艳
可
恋人不喜欢
落叶的忧伤
冬雪

告诉秀梅
纷飞是一种浪漫的陪伴
可
候鸟不喜欢
迁徙的沧桑

世间的万物呵
皆
看到了
正面是侧面
而侧面
还有
另外的正面

注：作于 2016 年 4 月广西南宁。此为一首哲理诗歌，细细品味人生吧！

幸福

我想
他是幸运的
庆幸
有你伤口上撒盐
让他
懂得剧痛的伤残
让他
懂得愈合的不容易
我想
他是幸运的
庆幸
有你雪中送炭
让他
懂得饥寒交迫的切肤之痛
让他
懂得珍惜且感恩一切

我想
他是幸运的

庆幸

有您唠叨不止

让他

懂得选择错与对

让他

感恩亲情的永存

我想

他是幸运的

庆幸

有你无怨无悔

将铁树种在了他的心坎

让他

有了

追逐

百年开花的梦想

我想

他是幸福的

生活

总是源源不断地

带给了他

酸甜苦辣

带给了他

一切一切

……

注：作于 2016 年 5 月广西南宁。

给自己写一首这样的诗

该为自己

写一首

这样的诗

词汇极为简朴

没有光鲜的外表

它普通得人人皆知

该为自己

写一首

这样的诗

品质极为纯洁

没有铜臭污染

它纯净如山泉的心

该为自己

写一首

这样的诗

心境极为宽广

没有太平洋浩瀚

它平静如银河星辰

我们

该为自己

写一首

这样的诗

既然

命运安排了

不平坦的路

就

用心在路旁

去种一些树吧

种一些花花草草

它们

改变不了

路的崎岖

却为

沿途增添了

美丽的风景

……

注：作于 2016 年 5 月广西南宁。此为一首人生哲理诗歌。

请叫他一声 Hello

请不要

叫他

某某总

如果

他不是你的老板

你没有这样的义务

请不要

叫他

某某哥

如果

他与你没有血缘关系

你没有必要这样尊称

请不要

叫他

某某弟

如果

你还没有做好当哥的准备

请叫

他一声

Hello

这一声

Hello

才是心中最渴望的亲近

就让

我们抛却那些繁称

一起

Hello 吧

就这一声

自然的

Hello

注：作于2016年5月广西南宁。此为一首人生哲理诗歌，细细品味那一声"Hello"吧！

一个幸福的动作

小时候

就梦想着

爸爸妈妈强有力的大手

牵着小手

到处走走

长大了

就梦想着

紧紧地牵着她

温柔的手

直至终老

变老了

就梦想着

可以牵着

孩子们的小手

陪他们慢慢长大

人生短暂

毕生

只为追求一个梦想

那
就是
不断地重复与轮回着
一个幸福的动作
牵手

注：作于 2016 年 5 月广西南宁。

最远的距离

冬天与春天的距离
或许
只隔着
那一层薄薄的冷艳
黑夜与白天的距离
或许
只隔着
那月儿矫情的回眸
或许
只隔着
那习习来侵的夜来香

最远的距离
莫过于
你与他
之间的约定
一个
今生与来世的约定
最近的距离

莫过于

他与你

之间的约定

一个

今生与前世的约定

注：作于2016年5月广西南宁。

这样的方式

就为了
这样的见面吧
拇指弹挥之间来回
你
一个超萌的表情
他
一个傻呆的表情
你一个点赞
他一句评论
每天
重复着来回
就为了
这样的见面吧
挥笔洒墨之间来回
你
一声轻轻的问候
他
一夜不眠的回复
你的一句哀思

他的一季忧伤
你的一丝快乐
他的一年幸福
每月每年
重复着来回

大家
都设定好了
各自见面的方式
可曾想过
弹指与挥笔
是两个不同的年代
可有试过
用拇指
弹挥着日常音符
用笔墨
谱写着海枯石烂

注：作于2016年6月广西南宁。

我应该对你温柔些

我应该
对你温柔些
如这晚风
轻拂湖面
给这夏荷掠过一丝凉意
我应该
对你温柔些
如这霓虹
投射湖面
不曾惊扰水下游鱼
却能自拍姣美
我应该
对你温柔些
如这摩天轮
幸福虽然转得慢
甚乎
外表偶有残缺
却也可以
成为绝处的佳景

我应该

对你温柔些

我的爱情

我待你如斯

待你如茶

温馨的

润滑的

进入我的呼吸道

进入我的脉络

渗透

我的每一寸肌肤

我的爱情

我就该

如此

温柔地待你

……

注：作于2016年6月广西南宁。

写给自己

花儿

仰视楼宇

看到的

只是金光璀璨

只是蓝天白云

只是繁华的表面

楼宇

俯视花儿

看到的

只是微弱矮小

只是凋零残存

只是冷清的表面

蓝空

注视着大地

楼宇是后花园的竹笋

花儿

是洒落大地的幸运星

地球

是她哺乳亿万年的女儿

于自己
我们要有
花儿的心情与谦虚
要有
楼宇挺拔刚毅的精神
不可有
楼宇的轻蔑与漠视
必须有
蓝空关注地球的博爱

注：作于 2016 年 7 月广西南宁。

父爱如山

如果
只是这一句
宝贝
爸爸想你了
相信
春风不会给春雨带来缠绵
相信
佛祖不会原谅我幸福的落泪

如果
只是这一句
孩子
你在干吗呢
可知道
作为一位父亲深深的爱意
春雨
还没有捎去我的牵挂
枝头
已经萌发我的思念

就这一句

轻轻的问候吧

让时间停留

让岁月如诗

让幸福永存

注：作于 2017 年 4 月广东省广州市。

写在父亲节

您
抽烟的习惯
成就了
我写诗的习惯
您
用烟雾来装饰艰苦的岁月
用灵魂来舞动生活的旋律
为我
烟雾纠缠您一辈子
戒烟
恰似要您戒掉对我的思念
您
喝酒的习惯
成就了
我喝茶的习惯
您
用酒精来调味沧桑的岁月
用眼神来叮咛我一路前行
为我

酒精麻醉着您一辈子
戒酒
恰似要您戒掉对我的嘱咐
我
写诗的习惯
成就了
对他深沉的思念
我
用诗丛来点缀生命的精彩
用崇高来歌唱生活的精神
为他
诗歌伴随着我一辈子
恰似我对他心头永抹不去的牵挂
我
喝茶的习惯
成就了
对他生活最大的影响
我
用茶叶来延续生命的战斗
用国粹来影响他的人格魅力
为他
茶叶伴随着我一辈子
恰似我对他一生使命的要求

您对我如斯
我对他如斯

这
就是父爱

注：作于2017年6月广东省广州市。父爱如山，这是一首描述爷、儿、孙三代人之间的真挚情感诗歌，是的，"您对我如斯，我对他如斯，这，就是父爱"。

茶

请给我
一杯
这样的茶
绿茶没有绿色
红茶没有红色
黑茶没有黑色
白茶
更不敢说
它没有颜色
……
而我
只想告诉你
这是
植根于
内心的一种茶
它
叫作
宁静致远
……

注：作于2017年12月广东省广州市。此为一首凝练的人生哲理诗歌，以茶为主题，折射出不一样的人生。

良心

可以减肥
减去
猪一样的肥肉
减去
一切
表面看起来的臃肿
甚至
可以减去
心的重量

因为
他们
会告诉你
心
是不会思考的
良心
又何在
……

注：作于2017年12月广东省广州市。此为一首精练的人生哲理诗歌，字字珠玑。

爱，就勇敢说出口

有时候
你把
思念交给秋天的落叶
冬雪却把它深深地埋葬了
有时候
你把
思念交给翱翔的信鸽
暴风却把它的翅膀折断了
有时候
你把
思念交给南国的红豆
时代却把它的生命重组了

有时候
思念是一刹那
有时候
思念是一辈子
有时候
思念是一种病

既然这样

何不

将思念隔断

何不

把爱说出口

既然这样

何不

同船渡百年

注：作于2018年1月广东省广州市。此为一首爱情诗歌，是的，"爱，就勇敢说出口"。

来不及

来不及
给你说
那年
我把荔枝种在屋旁
想着有一天
可以
来一首贵妃醉
又或者
来一首东坡颂
来不及
给你说
如今
那棵荔枝树硕果累累
想着有一天
可以
晒干寄往远方
又或者
邀尔共赏

原来荔枝

呵

象征火红的爱情

原来荔枝

呵

象征开枝散叶

而你我

却仅仅

只是停留在

来不及说

……

注：作于 2018 年 3 月南宁往广州的动车上。此为一首爱情诗歌，结尾一句"来不及说"，道尽无数相思与无奈。

眼睛与时间

二十年前
见到她
青春活力
纯洁善良
十年前
见到她
笑容可亲
奋发向上
现在
见到她
满脸沧桑
目光哀怨

恳请
不要错怪时间
时间
改变了她的模样
却
也擦亮了

他的眼睛

……

注：作于 2018 年 4 月广东省广州市。是的，时间改变了她，可是也让他学会了用眼睛看人。

没有文化的地球人

他们问我

可到过欧美

领略现代文明的魅力

我羞涩地回答

只对

地球村比较熟悉

他们问我

可到过海洋彼岸

领略深蓝的魅力

我羞涩地回答

只对

地球村的几方鱼塘稍微熟悉

他们问我

可会作诗词

深谙文化旋律的魅力

我弱弱地回答

先祖们

在两千多年前已经教会了我

是的
倘若又有人问起
爱家乡吗
爱祖国吗
我只能弱弱地告诉他
我
深爱着地球村
深爱着它的一切
是的
倘若又有人问起
我只能弱弱地告诉他
我
只是村里
最没文化
最没见识的农民
只是
对村里的事情稍微熟悉罢了

注：作于 2019 年 4 月北京房山区。

给你十分钟的爱

丁零零
下课了
我老早站在校门口
守候
喧哗声让我心头起伏
焦急地
注视着
这一大群
活蹦乱跳的五颜六色
人呢
可高可瘦
来了
长高许多
我大声呼喊你的名字
你腼腆的笑容里
藏着
许多喜悦
轻抚你额头
我的心里五味俱全

丁零零

上课了

你

依依不舍地

挥手离开

丁零零

下课了

没有告诉你

我又来了

最是那

鲜活的五颜六色呵

人呢

还会来吗

真的来了

你对校门口

探视了几许

我

激动地

呼喊着你的名字

你

惊讶的表情里

隐藏着许多幸福

我

紧紧拥抱着你

眼泪在心里打转

丁零零
上课了
你
不得已离开我的怀抱
我们
都是男子汉
爱
从来不轻易
说出口
……

注：作于2019年4月北京房山区。此为一首描述父亲去学校探视孩子的诗歌，是的，就给你十分钟的爱……耐人寻味！

北京距离

那天
我说约您吃个饭
一约
就约了两年
由去年的春天
到今年的春天
我
一直记得
欠您一顿饭

那天
你从北美回来
说
非得聚聚
这二十年不变的友情
后来
你短信里说
我这边东五环
你那边西六环

远

我先回北美了

那天

你们在朝阳区某餐厅见面

彼此

倾慕着

相约十天后再见

由风霜雨雪

约到了

春花秋月

亲

我今天加班

亲

我今天出差

一季过了一季

一年过了一年

你们再也没有见面

那天

他们登记成家

一个月后

第一次回家

他们热烈拥抱

缠绵悱恻

为人类的未来而努力

半年后

他们第二次回家
异口同声说
我们分手吧
又相拥着哭泣
说
亲爱的
最远的距离
莫过于同城呵
……

注：作于2019年4月北京房山区。此首诗歌描述同城男男女女之间的一些事情，他们相约着，到最后不是见不上面就是分开了，是的，"最远的距离，莫过于同城"。

青春被谁偷走了

还记得吗

那年

我们一起踩着单车去看海

我们向海鸥招手

呼喊着

把梦想放飞

还记得吗

那年

我们一起写信给心仪的女生

我们向信天翁招手

呼喊着

让爱情自由飞翔

还记得吗

那年

我们一起流浪北上广深

我们向着各自生命轨迹奔跑

呼喊着

让事业遍地开花

不记得了
我已经两鬓斑白
目光呆滞
活成了
中年油腻大叔
不记得了
你已经童山濯濯
弓腰驼背
活成了
中年沧桑大叔

来吧
拥抱一下
让我们一起想想
这些年的青春
到底
被谁偷走了

注：作于2019年5月北京房山区。

天才与白痴

我不是天才
倘若
你如他们这么认为
就让岁月来证明
我不是白痴
倘若
你如他们这么认为
就让天地来证明

如果
博爱是一种错误
那就让我一错到底
如果
慈悲是一种无奈
那就让我无奈到底

人生路上
总有些人指指点点
可

他们是凡人
又怎会明白
博爱与慈悲
是错误还是无奈
又怎会明白
天才与白痴
是
如何区分呢

注：作于2019年5月北京房山区。

听风的故事

我
听说过
海风是苦的
可海水没有告诉我
那是
她抑郁的眼泪所致
我
听说过
海风是咸的
可海水没有告诉我
那是
她惆怅的心事所致
我
听说过
海风是酸的
可海水没有告诉我
那是
她对爱情的执着所致

是的
包括他们
还有她们
或许
只听说过
海风的故事
却不知道
你
才是真正的主角
不然
又怎会有
听风的故事
……

注：作于2019年5月北京房山区。

错意

亲爱的
如果
只是会错了意
我又怎会
错过了
由北往南的那趟列车
是的
列车上没有注明终点站
我
怎敢前往

亲爱的
如果
只是会错了意
你又怎会
错过了
由南往北的那趟航班
是的
飞机上没有注明终点站

你
又怎敢贸然前往

亲爱的
听说
驶往爱琴海的邮轮
还需要若干年后造好
我
又怎敢提前订票

亲爱的
听说
驶往银河的宇宙飞船
需要牛郎织女重返人间后
才能启航
可这世间
又有谁曾经
见过
他俩比翼双飞

注：作于2019年6月北京房山区。

生活，时间，遗失的心

或许
生活是一首诗
我
却把它
种在了远方
那时候
只有马车
鞭不可及
或许
生活是一首歌
我
却把它
种在了山涧
那时候
只有清唱
笙不可及

时间
告诉我

生活是可以随着
时光而变迁
时间
告诉我
你的容颜是
可以随着时光而变迁
时光
没有告诉你
我那颗
种在
你心底的心
却永远找不回来了

注：作于2019年1月北京房山区。

回不去的鼓浪屿

很多年前
我
就听过您的传说
多少达官贵人
多少恩爱情侣
您
是他们心中的圣地
我
期盼了
多少年哦
梦想着有一天
可以
牵着她的手
登上月光岩
她在数星星
我在画月亮
世间
还有比这更醉美的么

我来了
是清醒着来的

是心中那艘
神往的轮渡
载我而来
那溅起的浪花
击碎了
多少懵懂的美梦
我
恨自己来晚了
我
恨自己来早了
来晚了
您遍体鳞伤
泪迹斑斑
来早了
您光芒四射
纸醉金迷
而我
却偏偏
选择了这个时候
这个
让人无从选择的时间
老天爷的安排
总会有些理由
既然
让人喜欢你
爱你
恨你

一切都是冥冥之中注定

我歇斯底里
向着大海呼喊
它
竟然听不懂我的声音
那可是
真正标准的岭南国语呵
我又试着
用生涩的方言与它对话
无奈
只传来
摊贩的吆喝声
游客的嘈杂声
他们
她们
只顾着尽情地
宣泄自己的快乐
却忘了
那个曾经
浪花朵朵醉成诗
月光岩下私订情的
鼓浪屿

注：作于 2019 年 8 月北京房山区。作者回忆起不久之前游厦门鼓浪屿有感而发。

婺源，我循着岁月的轨迹来看你

我
是追寻着
茶圣的灵魂而来
大唐离得遥远
字里行间
无法
把你一一描述
亦好
茶圣故意把你遗忘了
而将芬芳
留给后人醉嗅
我
是追寻着
游圣的脚步而来
大明离得不近
山高水远
无法
把你一一尺量
亦好
游圣故意把你遗忘了

而将步伐

留给后人实践

听说

那片金黄的美丽

盖过了

那片翠绿的芳香

可我

只知道

美丽的外表

未必拥有芳香的内涵

而

芳香的内涵

想必

一定会给外表增添不少魅力

那片美丽的金黄呵

只是

匆匆的过客

带不走任何芬芳

那片清逸的翠绿呵

最是

让人留恋不舍

带走了

无尽的思念与幽香

我

还会循着

先人的轨迹而来
哪怕是相隔千里
见不着你
却还能
嗅一嗅
那茶叶
空灵流长的幽香

注：作于2019年8月北京房山区。作者回忆起前不久游江西婺源有感而发。婺源自古以来就是一个盛产茶叶的地方，而近年油菜花的名气却有些盖过茶叶的趋势。诗中"茶圣"是指陆羽，"游圣"是指徐霞客。

余情未了

这首歌

尘封了多少年

记不起

哪一年哪一天

我登台

原唱说

比原唱还原唱

这首歌

记在心底多少载

记不起

哪一夜哪一刻

我登台

他们都说

原唱终于来了

我不知道

今夜

再唱起这首歌

夜莺

是否还会为我传唱
你呵
可听到
这是我沉寂多年的爆发
听吧
还有蛐蛐为我伴奏
还有星星为我闪耀

让
那磁性的声音
击破长空吧
月亮
为之动容
你
为之心醉
……

注：作于2019年8月北京房山区。

邻家女孩

我告诉岁月
印记里
总有
一个模糊的身影
她
总是若隐若现
一种
刻骨铭心的美
该不是她吧!
我的脑海里
充满了少年时
与她相约
栽种了一株荔枝树
我来埋土
她来浇水
多么纯真的年代呵
我的脑海里
充满了青春时
与她相约

一起去采摘茉莉花
她来闻香
我来陶醉
多么骚动的年代呵

岁月告诉我
现实里
荔枝与茉莉
只是一墙之隔
这个方向
只看见红艳的憔悴
那个方向
只闻到芬芳的忧郁
岁月告诉我
现实里
荔枝与茉莉
只是友好邻居
却
从来没有见过
它俩
可以一起开枝散叶

注：作于 2019 年 9 月 5 日广东省广州市。此为一首情诗，以荔枝与茉莉只是一墙之隔，暗喻邻家女孩。以荔枝与茉莉只是友好邻居，暗喻两人之间不可能的爱情。

江湖传说

来自大山的他

活泼蹦跳而来

如那山泉

叮咚叮咚

清澈透明

来自草原的他

风驰电掣而来

如那良驹

踢嗒踢嗒

自由不羁

来自都市的他

极速狂飙而来

如那豪车

轰隆轰隆

放任不羁

他们

相遇江湖

刀光剑影

爱恨情仇
纠缠不清
他们
彼此踏上征程
又互不相干

草原与都市
有着天壤之别
而
山泉
却能
滋润草原
荡漾都市
融入
浩瀚无垠的大海
……

注：作于 2019 年 11 月京华。

地铁爱情故事

我从
地铁的东边
开始启程
不早
刚刚好清晨六点
你从
地铁的西边
登上月台
不晚
刚刚好早上六点半
我没有告诉你
会在中转站
相见
你没有告诉我
会在交叉点
相遇

无数
相依而坐的人儿啊
他们

各自把弄着手机

无数

相拥而立的人儿啊

他们

各自看着车窗外

而我

却忘记了

谁是主角

他们的故事

就注定

这么平凡么

我想

此刻

你是否

也欣赏到同样的风景——

这样的

一路风景

让本为主角的两个人

错过了

中转站

又别过了

交叉点

他们

一个往东

一个往西

……

注：作于2019年11月京华。

五言诗

重阳日，思

秋来多相思，
晨去午已近，
望断鹊仙桥，
不见伊人到。

注：作于2000年重阳节广西灵山县城环秀桥头江滨公园。此为一首精练的短情诗，通俗易懂，又让人回味无穷。尤其是"望断鹊仙桥，不见伊人到"那种苦盼之情，着实耐人寻味。

拾年

拾年复拾年，
一直不争春；
拾年苦耕耘，
一世茶叶情。
拾年播种子，
修得共渡好；
拾年重相遇，
惹妒众神仙。

注：作于2015年夏月广西南宁。此为一首与茶叶、爱情有关的诗歌。

忆·灵山

千里觅芳踪,
只爱东山红,
拾年独惆怅,
自有香来渡;
陈年往昔追,
巧遇茶叶情,
华而惹人醉,
无悔今生爱。

注:作于 2015 年秋月广西南宁。此为一首爱茶、爱情的综合诗歌,细细品味,不难看出作者对茶业与爱情的无悔追求。"忆灵山",意思是不要让一切美丽的山成为一种回忆;这里的"东山"泛指天下的东山。

电波传情

家尊偶来电,
寒暄可安否?
犬子不解情,
唏嘘欲挂机。
待到犬做父,
欲弹指之间,
往昔五陈味,
依稀涌心头。

注：作于2016年5月广东广州。此诗歌主要描述一位儿子从接到父亲的电话寒暄不耐烦，然后到自己为人父后，才深刻领悟作为一位父亲打电话给儿子的真正含义。

生计

每每经此地，
必来车前问，
三餐未解寒，
岂能不苦等？
今日又相遇，
衣衫仍旧萧，
偶有驱停留，
争恐不罢休，
此以谁为过，
借问清风遥。

注：作于2016年6月广西南宁。

新七夕诗

七夕忆凄昔，
泰水故指桑，
茅舍怎入梦？
无车奈何桥！

七夕不凄怆，
今有汝来扮，
寒舍装明月，
徒步闻花香。
七夕为谁过？
没牛已罢耕，
同住屋檐下，
月光亦醉美。

注：作于2016年七夕节广西南宁。这里的"泰水"是丈母娘的意思，"汝"就是你的意思。这首诗描述一对年轻男女冲破一些世俗的阻碍，到最后相亲相爱，真的是"同住屋檐下，月光亦醉美"。

望月涯

明月夜来盼，
羞答未当空，
疑是七夕恋，
隔空诉相思。
嫦娥追玉兔，
玉桂树下嬉，
本是朦胧美，
何来骚客意？
万物皆是远，
才有诗中美，

人生若欢愉,
效犟望月涯。

注：作于2016年夏月广西南宁。此为一首人生哲理诗歌，人生最高境界即是大智若愚，如诗中"人生若欢愉，效犟望月涯"。

明月情

明月藏汝心，
星星诉相思，
欲以花前扮，
君可忆汝心？
佳节月当下，
湖净可鉴洁，
除汝月长情，
世间恐难觅！

注：作于2016年中秋节广西南宁。此为描述一位年轻少妇在月光之下的湖边思念自己郎君的情诗，那种对自己爱人忠贞不渝的爱情，真的是"除汝月长情，世间恐难觅"。

思，乡情

斟满杯中茶，

量尽回乡路，
欲断烦恼丝，
又涌鱼尾纹。

注：作于2017年元月广东省广州市番禺区。短短几句诗，却尽显作者对家乡剪不断理还乱的那种思念，尤其最后两句"欲断烦恼丝，又涌鱼尾纹"，极为贴切！

重阳，乡愁之忆灵山

极目眺千里，
疑是东湖水，
却闻大夫声，
声声倦鸟归。
昔日攀东山，
尽是不经心，
今时不与往，
作客他乡意。
自古英雄磊，
箭发不回头，
天涯海角尽，
更需忆灵山。

注：作于2017年重阳节广东省广州市番禺区大夫山森林公园。这里的"东湖水"指广西灵山县的灵东水库，"大夫"为番禺区大夫山森林公园，"东山"为广西灵山县一座最大

的山脉,"灵山"为广西灵山县。此为一首作客他乡,而思念家乡的诗歌。

赋乡音

蛙鸣伴溪流,
柳絮扰群星,
恍如岭南景,
却醉岭南情;
小桥通幽径,
明镜漾灯火,
似在归家路,
未闻乡音赋。

注:作于2019年5月北京房山区。作者移居京城后,散步时有感而发。此为一首思念家乡的诗歌。小桥流水,湖光荡漾这种美景,经常是出现在南方,故就有了最后两句"似在归家路,未闻乡音赋"。

正阳,京华赋

五月情浓时,
种种寸草青,
余晖不归处,
行人诉衷情。

注：作于2019年端午节北京房山区。作者移居北京后，散步时有感而发。这里的"衷情"可以理解为粽情。

夜归

垂柳揽月归，
蛐蛐催人倦，
子夜尚未至，
星辰照吾心。

注：作于2019年7月北京房山区。

七言诗

致青春

曾以梦想比天高,
试把青春赌明天。
亲情友情暖一生,
独有爱情四季美。
岁月蹉跎不饶人,
欲留青春廿五载。

注:作于2015年五四青年节广西南宁。作者散步时有感而发。

思念

此刻相思苦无边,
遥寄爱意言又止,
但愿两地近咫尺,
欲与荔枝换杧果。

注:作于2015年5月广西南宁。这里的"荔枝"指的是广西灵山县的荔枝,"杧果"指的是广西百色市田东县的杧果。此为一首代友人写给心仪女孩子的情诗。

荔乡情

炎炎夏日荔香浓,

淡淡情怀印记中，
逢人必夸古香荔，
独有南宾梦回唐。
贵妃荣幸逐笑颜，
亦有东坡共婵娟，
常言口味难调众，
除却灵山不荔枝。

注：作于2015年夏月广西灵山县。广西灵山县为我国最为著名的荔枝之乡，从唐朝开始已经有"无村不荔枝"之说法。"古香荔"为荔枝最为古老的品种，也是灵山县特有品种，今存活千年以上的古树还有几百株。"南宾"，灵山县在唐朝时期称为南宾县。

梦亲恩

遥借周公释此梦，
梦境自有汝安排，
四书五经亦熟读，
孔子问我缘何来？
人生忠孝两难全，
只愿今生不枉过，
十月怀胎至伟大，
养育之恩终不忘，
不怨苍天乌云布，
只怪今生缘分薄！

注：作于 2015 年 9 月广东省广州市番禺区。此为一首亲情诗歌，作者为思念母亲而作。

惜当下

情到浓时方珍惜，
蓦然回首花凋零，
往年今日把酒欢，
如今独品茶无味。
岁月蹉跎催人瘦，
年年幸福涌心头，
若爱何须常挂嘴，
深埋心湖才更真！

注：作于 2015 年 10 月广西南宁。此为一首人生哲理诗歌，这里的"瘦"实为老的意思。

赋长城

当年秦皇筑长城，
安抚内外建伟业，
枫叶片片映山红，
日月可鉴久生辉。
好汉已到长城在，
桃李将来满天下，

乐在其中豪情壮，
只眷烟波此山中。

注：作于2015年冬月北京市。此为一首人生哲理诗歌，细细品味，可以看出作者对秦始皇丰功伟绩的肯定，以及个人宽广的胸怀。此首诗歌还将作者的名字嵌入其中了。

有福

愿往福地嗅茶香，
宁瞻林公德传颂，
福气有来心自宽，
安得神灵佑吾家。
有福之州惹人醉，
愿停数日不归去，
若是戴福往南送，
必当安宁建伟业！

注：作于2016年春月福建福州。作者前往福建省宁德、福安等地考察茶苗基地，经停福州金鸡岭公园时有感而发。诗歌将宁德、福安、福州、福建、南宁以及林公庙等地名全部阐述诗中。由此看出作者不畏艰难，心胸宽广，胸怀大志！

简爱

三月桃花暖枝头,
八方佳丽齐欢乐,
年年踏青倾情爱,
未上眉梢亦先醉。
黄鹂衔来相思豆,
借问春风君何在,
又将落英染成泥,
春光弥漫暖心头。

注:作于2016年3月(三八节)广西南宁,作者春游南宁石门森林公园时有感而发。

再起东山

春意盎然忆灵山,
英雄略同共筹谋;
翠绿遮掩同楼梦,
洒落芬芳数人家。
独门幽径归何处?
推搓石磨印回唐;
旧时风光欲重提,
再起东山煮茶香!

注:作于2016年春月广西灵山东山脚。此为一首爱茶的人

生哲理诗歌。诗中"忆灵山"泛指回忆天下间有灵气、仙气的灵山；而我国的茶叶从唐朝时期开始发展迅猛，故有了"推搓石磨印回唐"这一句；传说东山山脉一带的茶叶品质，自古以来就是闻名遐迩，故又有了一句"再起东山煮茶香"。

圆梦东山

三月梨花若伊人，
藏于深闺无人懂，
遥问牧童落谁家，
忆灵山人自来采。
烟雨蒙蒙茶苗欢，
羡得众人同来栽，
雾起东山若仙境，
豪气干云逐梦圆！

注：作于2016年春月广西灵山东山脚。

绿的思念

雨扰芬芳绿相伴，
欲见清明坟上香；
同是登高远瞻处，
只怕深幽无人知。
祖先庇佑福无疆，

茶树绿成思忆海；
若是有人问香来，
定是灵山再起时！

注：作于2016年清明节广西灵山茶辣村。此为一首爱茶诗歌，诗歌前半部分描述清明时节雨纷纷的萧凉、凄切之意，后半部分转而描述了得到祖先庇佑后，坚定不移发展茶业的决心。

掌心的记忆

红艳碾落孩提时，
惦着大手牵小手；
荒野草莓最自然，
戏水山娃石当真。
儿惹舒雁雁戏孩，
皆是童稚最为珍；
零落掌心几许梦，
偶有印记沾湿襟。

注：作于2016年仲春广西灵山丰塘镇。作者踏青偶摘到野果，以及目睹了一些小孩子在溪流里与鹅一起戏水，有感而发。作者用掌心捧着红红的野草莓，就像捧着一幕幕孩提时的回忆……

赋亲恩

又是寂静无声时，
独踏幽径观澜处，
一道彩虹一缕风，
一潭湖水影重叠；
此刻歌声入心坎，
今宵只撩亲情曲，
愿做鱼儿长相伴，
不羡雄鹰空孤啸！

注：作于2016年夏月广西南宁民歌湖。此为一首思念双亲的诗歌，先描述周遭环境，后尽显一个"独"字。

繁华深处

孤空楼阁觅知音，
繁花落尽皆是影；
人来人往归何处？
纸醉金迷无尽头。
华灯之下英雄涩，
徒手淘尽凡尘土；
只想累后微歇脚，
苦叹桥下无处栖。

注：作于2016年仲夏广西南宁。作者散步途中所见一切有

感而发，繁华的深处总是隐藏着一些东西……诗歌中"英雄"所指比较广泛，可以是街道清洁工，可以是建筑工人，可以是在城市里拼搏的各类人群！

逝去

那年那月那情景，
某年某日某人在，
今年今日今犹存？
来年来日来何方！

注：作于2016年6月上海奉贤区。

盼

碧浪淘尽沧桑事，
落日盼来海鸥颂；
英雄迟暮有人懂，
来日方长终出头。

注：作于2016年6月上海奉贤区。

异梦

同窗同乡不同心,
劝酒斟茶更倒满,
落井下石算什么?
毫利当前不认人!
人生只为金钱活,
何苦诞生净身来?
海阔天空任吾行,
只教生死逐命去!

注:作于2016年11月广西南宁。这首诗歌道尽了多少人的现状与经历,也不难看出作者对金钱、对生死的从容!

游白云山记

昨夜邕城楼中楼,
只爱歌舞升平节;
今日羊城村中楼,
却享粗茶淡饭时。
青山深处藏弥红,
栏栅未附花凋零;
白云悠悠有人家,
不羡神仙只恋她!

注:作者于2017年初夏游广州白云山时,有感而发。此为

一首人生哲理诗歌,诗中"邕城"为广西南宁市自古以来的简称;"羊城"为广东省广州市自古以来的简称。"青山"为南宁市的青秀山,"白云"即是广州白云山。

夜来冬雨声(两首)

(一)

半夜惊闻冬雨声,
滴答滴答谐音重;
人生起落本常态,
何怨冻霏扰春梦?
昔日片言可换酒,
码声阵阵生死交;
今日对簿恐不及,
冬雨怎及人心寒!

(二)

身陷囹圄无人问,
道是有情最无情;
落珠声声入心坎,
往事历历涌心头。
窗外行人八九怨,
秃枝爱为霏霏欢;
幸有汝暖半寝被,
吾来歌唱汝来和!

注：作于 2017 年 11 月广西南宁。此为一首人生哲理诗歌，作者细致入微地描述了诗歌"主角"遭遇的状况，其实，现实生活中也有很多人有类似的遭遇。

秋思

微风轻吻落叶瘦，
暗香熏熏秋意来；
欲知岭南夜无眠，
再听一曲肝肠断。

注：作于 2019 年 8 月北京房山区。此为一首思念故乡、思念亲人的诗歌。短短四句，却让人荡气回肠，尝尽思念之苦！"岭南"泛指两广地区。

现代韵律诗

荷花

问君，
此花何时采，
君曰，
待到烂漫时。
杨柳萧萧秋风起，
此去何日还故里？
燕子意犹不展翅，
荷花幽幽碧澜间。
待到璀璨时，
余音袅袅，
水云间。

注：作于2000年夏月广东省广州市。此为一首描述少女怀春的抒情词，那种渴望爱情与等待郎君的复杂心情，着实耐人寻味。

思

秋叶凝霜，雁南归；
春花秋月，去不返。
朝朝暮暮，思断肠；
风弦雨舞，何时缘？

思君，君不归，

空把愁绪枕边搁。
午夜梦生魂绕时,
直把寒月当春晖。

注:作于 2000 年冬月广东省广州市。此为一首描述年轻女子对丈夫外出久久未归的思念,极为缠绵悱恻。

念,故里茶青青

念荔乡之悠悠,
独依,
凭栏,不觉安然。
愁邕江之水,
而不解风情。
思,故里,
茶青青,
已醉,
而梦绕千百里。
忆,东山之大,
而不为所知。
自古世人颂陆羽,
其波如今尽心血!

注:作于 2015 年 4 月广西南宁邕江边。作者思念家乡和茶叶时,有感而发。词中"荔乡"指作者的家乡灵山县。

望月歌

独倚窗，
风乍起，
月色淡淡，
愁更愁！
借酒当歌，
鹊桥仙会，
风清水冷，何以当歌？
风萧萧，月凄凄，
怎相会？

独撑寒灯，墨落笺迹。
望月无涯，
梨花点点，
尽得伊人瘦！

注：作于 2000 年广东省广州市。此首词主要描绘一位与丈夫两地分居的少妇，意境凄切，充满无尽哀怨。

长恨词

冬来梅犹俏，
春去叶更浓。
几度春华，花落多少？
分离时难，见更难。

梨花雨，
尽得伊人瘦！
一秋傲菊，
爱也不得，
恨也不是！
从今，
谁话夜雨巴山？

注：作于2000年冬月广东广州。此为一首缠绵悱恻的爱情词，那种想爱又爱不到的感觉，确实让人无奈。是的，"一秋傲菊，爱也不得，恨也不是！从今，谁话夜雨巴山？"

忆灵山茶

绿茶漾，
漾，一壶清新寡欲。
绿茶馨，
馨，一壶人生韵味。
红茶羞，
羞，一国闭花羞月。
红茶醉，
醉，一壶漫步人生。

清新脱俗，
堪，得以伴忆灵山茶，
倾国倾城，

不，得以悟忆灵山茶。

注：作于2016年6月广西南宁。此为一首人生哲理词，以茶暗喻人生。

此刻令

此刻，
江面静如镜，
繁星点缀。
此刻，
桥通达九州，
车来人往。
此时，
秋露沾落叶，
霓虹灼蛾。
长思忆，
凭栏不及远处馨。
只记，
秋风送雁归。

注：作于2017年9月广东省广州市番禺区。作者于番禺区南郊江边散步时有感而发，此为一首思念至亲的词，以景代情，极为真挚。

雾锁山城

南山游,
山城深处有人家,
惦记,
一撮红尘孔香园。
虽为严冬日,
墙门寸草争,不甘守寂寞。

南山寻,
谷中深处藏忠魂,
谨记,
中华栋梁于右任。
虽为雾重日,
青苔复旧墙,以示其丹心。

重庆梦,
醉南山。
去时,烂漫满路,
满腔热血。
归时,沧桑饰途,
魂牵梦绕。

注:作于2018年正月重庆南山。作者游重庆市并入住南山宾馆,其间所见孔香园及于庄,有感而发。

谷雨小令

谷雨晴,
少女心。
鸳鸯戏,
百花妍,众生爱。
谷雨梦,
少年志。
牛郎耕,
百谷种,盼秋收。

有情当做梦,
有梦当立志,
有爱寄秋收。
少艾倚弱冠,
弱冠慕少艾,
两情悦,百年好!

注:作于2018年谷雨广州番禺区。词中"少艾"指年轻美丽的女子,"弱冠"指20岁左右的男子。

念,母亲节

记,一节。
家慈不曾来,自娱自乐行。
朋友圈里庆,

尔忆儿时吾晒花。
孝子欲应节,
跟风亦时髦。

记,一生。
母亲至伟大,十月怀胎苦。
把手教嫌少,
哺了母乳欲喂血。
慈母不应节,
报以三生爱!

注:作于2018年西方母亲节,广东省广州市番禺区沙湾镇。词中"家慈"指母亲,"朋友圈"指的是现在微信的朋友圈。

来来回回

倾心一眸脉传情。
匆匆,囊中涩。
掂得一片南国叶,
送郎仕途中。
此行数万里,
谁解红豆情?

北方南方本一国,
频频强分开。
堪得一腔相思苦,

念妻归途中。
此行朝夕至，
谁明荔枝红？

注：作于2018年6月。作者在北京返广州高铁上，有感而发。词中"南国叶"指生长于南方的茶叶；"红豆"，长在南方的红豆，喻相思；成熟的荔枝较为红艳，在岭南也作为象征火红的爱情，故"谁明荔枝红"。

岭南秋，北国月

岭南景，
一花绿成荫，梢尖芽茁壮，偶有红艳伴。
二树皆成侣，竞相欲挽霞，未待秋叶落。
岭南情，
蜜柚诉甜蜜，借饼寄相思，不及两斤重，
此物最思乡！

北国景，
仲秋长城外，苍穹目千里，时有豺狼现。
北平成往事，城楼亦易主，期盼春早到。
北国情，
苹果送平安，月团南北有，不比香甜浓，
此情应追忆！

岭南秋，北国月，皆为华夏景。

同赏月当下，天涯共此情！

注：作于2018年中秋节，广东省番禺区。词中"月团"指月饼。

己亥中秋，赠友人石新

秋风清，
南国意。
今夜无眠时，
罗阳山脚下，
又忆往年月圆曲。
往年情，
富硒谷。
红艳妆枝丫，
稻谷养人肥，
游人如织尝甜头。

秋风凉，
北国寄。
寄到岭南时，
巍巍群山中，
石破创新劲。
石破时，
惊天地。
恰逢重雨日，
千军万马来，

自有水土掩。

秋风清,
秋风凉,
秋风识路人。
凡间美景何其多,
灵山深处有人家。

注:公元2019年仲秋,作者于京华晨起时有感而发,作此词思念在岭南的友人石新先生。词中"罗阳山"系广西灵山县一座最高的山脉,"富硒谷"是该山脉的一处山谷,因土壤中富含硒而得名。